Este libro pertenece a:

_____

nadien

Título original en inglés:
Doctor Maisy

Publicado por acuerdo con Walker Books Limited, 87 Vauxhall Walk, London SE11 5HJ
© 2001 Lucy Cousins
Lucy Cousins font © 2001 Lucy Cousins

Basado en la serie audiovisual "Maisy"
Una producción de King Rollo Films Production
Para Universal Pictures Visual Programming
Guión original Andrew Brenner.
Ilustrado en el estilo de Lucy Cousins por King Rollo Films Limited.

Maisy ™. Maisy es una marca registrada de Walker Books Limited.
Reservados todos los derechos.

Primera edición en español:
© 2005, Abrapalabra editores S.A. de C.V.
Campeche 429-3, 06140, México, D.F.

Traducción: Ernestina Loyo

ISBN: 970-9705-09-1

Impreso en China / Printed in China
Reservados todos los derechos

www.edicioneserres.com

La doctora Maisy

Lucy Cousins

Maisy y Tula juegan a los doctores.

Hola, doctora Maisy.
Hola, enfermera Tula.

Tula escucha cómo late el corazón de Maisy.

Pum-pum, pum-pum. Ja-Ja. Eso hace cosquillas.

Osito Panda se
siente mal.

Maisy escucha cómo
late su corazón.
¡Pum-pum, pum-pum!

Maisy le toma la temperatura a Osito Panda.

Pobre Osito Panda, está ardiendo.

Maisy lleva a Osito a la cama.

Sana, sana,
Osito Panda.
Alíviate pronto.

Alguien llama a
Maisy, ¿es Tula
quien está llamando?

No corras en la
escalera, Maisy.
¡Cuidado!, Tula...

¡UUUUpppsss!
Tula está bien,
pero Maisy
se lastimó
la nariz.

La enfermera
Tula le cura la
nariz a Maisy.

Ya está mejor.
Adiós, enfermera Tula.
Adiós, doctora Maisy.